오늘도 걷는다

■■ 오늘도 걷는다

1판 1쇄 : 인쇄 2015년 05월 15일
1판 1쇄 : 발행 2015년 05월 20일

지은이 : 유양업
펴낸이 : 서동영
펴낸곳 : 서영출판사

출판등록 : 2010년 11월 26일 제25100-2010-000011호)
주소 : 서울특별시 마포구 서교동 465-4, 광림빌딩 2층 201호
전화 : 02-338-7270 팩스 : 02-338-7161
이메일 : sdy5608@hanmail.net

그 림 : 박덕은
디자인 : 이원경

ⓒ2015유양업 seo young printed in seoul korea
ISBN 978-89-97180-44-8 04810
ISBN 978-89-97180-00-4(set)

오늘도 걷는다

2015 · 서영

유양업 시인의 시집 출간을 축하하며

　유양업 시인은 아름다움 그 자체이다. 성격, 성품, 목소리, 행동, 그 어느 것 하나 아름다움이 아닌 게 없다. 살아온 행로도 그만큼 아름답다.

　그녀는 신학대학과 기독음대의 성악과를 거쳐 캘리포니아 유니온유니버스티 음악 석사 과정을 수료했다. 그리고 목사인 남편과 함께 러시아 모스크바로 날아가 선교사 겸 장신대 교수로 여러 해를 보냈다. 이어 싱가포르 선교사로 수년간 지내다가 귀국하여, 지금은 시인이자 수필가로 집필 활동을 왕성하게 펼치고 있다.

　자, 유양업 시 세계는 어떠할까. 지금부터 그 멋진 세계로 들어가 보자.

　　종아리에 동여맨
　　수십 갈래 뼈마디
　　숨가쁘게 어우러져
　　수묵화 그리다가

바람결에 힘줄 얽어
햇살 한줌 담아
보랏빛 꽃등 걸어 놓고
별님 부르네.

- 〈등나무〉 전문

이 시의 시적 화자는 등나무가 되어 사물을 바라보고 있다. 등나무는 종아리에 동여맨 수십 갈래의 뼈마디로 수묵화를 그리고 있다. 숨가쁘게 어우러져, 바람결에 힘줄 얽어, 살아가는 모습, 거기다 햇살 한줌 담아 보랏빛 꽃등 걸어 놓고 별님을 부르고 있다. 여기엔 깊은 철학이 담겨 있는 듯하다.

우선 등나무는 어우러져 살아가고 있다. 수십 갈래 뼈마디가 따로 따로 놀지 않는다. 함께 어우러짐을 소중히 여긴다. 바람결이라는 시련에도 오히려 힘줄 얽어 뭉친다. 그러면서 햇살 한줌 담은 정신을 지킨다. 역경 속에서도 하나되어, 고통 속에서도 함께 어우러져 햇살 정신, 긍정적인 자세를 지켜낸다. 게다가 보랏빛 꽃등을 걸어놓는다. 희망이라는 꽃까지 매달고 별님을 부른다. 어떠한 아픔 속에서도 희망과 긍정의 빛을 잃지 않고 나아가는 자세, 꽃등까지 걸어 놓고 님을 기다리는 자세, 이 자세, 이 세계관이 바로 유양업 시인의 인생을 오래도록 이끌어 오고 있는 건 아닌가. 오

랜 세월 외국에서 선교사 생활을 통해 터득한 인생관
은 아닐까. 인간의 부족한 점을 다 보완한 듯한 완벽
한 선과 긍정의 세계관이 그녀의 아름다움에 대한 밑
거름이 아닐까.

누군가의 마음 안에
맴도는 사람이 되고 싶다

생각만 해도 가슴이
설레는 사람이 되고 싶다

눈감으면 떠오르는
얼굴로 남은 사람이 되고 싶다

벼랑 끝의 외로움
꼬옥 안아 주는 사람이 되고 싶다

헤어져도 그 모습이
생각나는 사람이 되고 싶다

진솔함이 묵묵히
배어 나온 사람이 되고 싶다.

　　　　　　　　　　 - 〈이 가을엔〉 전문

이 시의 시적 화자는 이 가을에 간절히 바라고 있다. 누군가의 마음 안에 맴도는 사람, 생각만 해도 가슴이 설레는 사람, 눈감으면 떠오르는 얼굴로 남은 사람, 벼랑 끝의 외로움 꼬옥 안아 주는 사람, 헤어져도 그 모습이 생각나는 사람, 진솔함이 묵묵히 배어 나온 사람이 되고 싶어한다. 마음 안에 맴도는 사람이 되려면 마음이 통하고 서로에 대한 깊은 이해가 있어야 한다. 생각만 해도 설레는 사람이 되려면 늘 싱그럽게 향긋이 다가가야 한다. 벼랑 끝의 외로움을 꼬옥 안아 주려면 그어떤 상황에서도 마음이 평온해야 한다. 헤어져도 그 모습이 생각나는 사람이 되려면 떠나는 뒷모습이 아름다워야 한다. 진솔함이 묵묵히 배어 나온 사람이 되려면 늘 진실되고 마음을 투명하게 비워야 한다.

　이 가을에 바라는 시적 화자의 소망이다. 이 소망이 곧 유양업 시인의 소망이기도 하다. 여기에 그녀의 인생관이 잘 녹아 흐르고 있다.

　　세찬 바람 몰아치고
　　돌에 걸려 넘어지고
　　이끼에 미끄러져도

　　바위틈 지나
　　가슴에 남은

작은 꿈 그리며

가파르게
오르막 이어져도
나뭇잎 사이로 보이는
파란 산 향해.

- 〈오늘도 걷는다〉 전문

이 시의 시적 화자는 걷는다. 하루하루 걷는다. 그 어떠한 역경이 몰아쳐도 걷는다. 세찬 바람이 몰아쳐도 걷는다. 돌에 걸려 넘어지고 이끼에 미끄러져도 다시 일어나 걷는다. 바위틈 지나고 가파르게 오르막 이어져도 걷는다. 나뭇잎 사이로 보이는 파란 산 향해 걷는다. 작은 꿈 그리며 걷는다. 걷고 또 걷는 시적 화자의 의지가 선명히 그려진다. '파란 산'은 '작은 꿈'이 쌓인 산인 듯하다. 원하는 바가 이뤄진 세계, 이뤄지지 않아도 꼭 있어야 할 세계, 인간답게 살아가는 세계, 더 이상 슬픔에만 안주하지 않는 세계, 시련에 좌초 당하지 않고 꿋꿋이 돌파하는 세계, 좌절하지 않고 세파를 견디며 일어서는 세계, 유혹에 미끄러져 허우적대지 않고 올곧게 나아가는 세계, 아무리 힘겨워도 결코 물러서지 않는 세계가 '파란 산'인 듯하다. 그 세계를 향해, 시적 화자의 발걸음은 오늘도 쉬지 않는다. 그 당

차고 결의에 찬 의지의 발걸음이 오늘도 시 속에 이어
지고 있다.

　불러도 불러도
　대답 없는
　어여쁜 꽃들아

　티 없이 순수한
　아름다운 꽃들아

　기다리며 울부짖고
　허우적거리다
　희생당한 아들딸들아

　목이 옥조이고
　뜨거운 눈물이
　뼈를 태우는구나

　아까워 어이할꼬
　아까워 어이할꼬.
                    - 〈어이할꼬〉 전문

이 시의 시적 화자는 세월호로 희생당한 학생들을

향해 울부짖고 있다. 그들의 죽음 앞에 시의 꽃을 바치고 있다. 불러도 불러도 대답 없는 어여쁜 꽃들에게, 티 없이 순수한 아름다운 꽃들에게, 기다리며 울부짖고 허우적거리다 희생당한 아들딸들에게, 통곡하듯 외치고 있다.

꽃들아, 꽃들아, 아름다운 꽃들아, 어이할꼬. 목이 옥조이고 뜨거운 눈물이 뼈를 태우는구나, 어이할꼬. 시대의 악행에게 소리치고 있다. 진실을 왜곡하는 자들에게 뼈아픈 질타의 화살을 날리고 있다. 어이할꼬 어이할꼬. 시적 화자는 '희생당한'에 눈시울을 적시고 있다. 누가 희생시킨 것일까. 누군가에게 희생당한 어린 꽃들, 누군가에게 가해당한 아름다운 꽃들, 어이할꼬, 아까워 어이할꼬. 뼈를 태우는 아픔을 주는 자는 누구인가. 목을 옥조이는 가해자는 누구인가. 뜨거운 눈물을 흘리게 하는 자는 누구인가. 그 실체는 무엇인가. 시적 화자의 안타까운 마음이 그대로 독자에게 전해지고 있다. 어이할꼬, 아까워 어이할꼬. 이처럼 시 속에서 이웃의 아픔을 공감하는 상상력을 만나게 되면, 시의 존재 이유가 환한 표정으로 악수를 청한다.

왜 이 땅에 시가 존재하는 걸까. 시의 존재 이유, 시의 존재 가치를 다시 한번 이 시를 통해 각인하게 된다. 시는 방황하는 시대, 어두운 시대, 암울한 시대, 억압받는 시대에 가야 할 방향을 제시하는 깃발이 되어

야 한다. 그러기 위해서는 이처럼 이웃의 아픔에 동참
해야 한다. 그리고 이해와 공감의 가슴을 지녀야 한다.
한몸 한맘 되어 함께 울부짖고 호소해야 한다. 불의가
진실을 이기지 못하도록 외쳐야 한다. 그래야 진실이
터를 잡은 시대가 오게 된다. 시적 화자의 간절함이 애
틋이 다가오고 있다.

불그스레
바다와 맞닿아
고요히 밀려온
은빛 미소

황홀함 펼쳐 입고
지평선 넘어
훨훨 날아와

갯내음
허리에 매고

하얀 추억
환희의 설렘으로
너울너울 날게 하네.

- 〈라구나 노을〉 전문

이 시의 시적 화자는 라구나 노을을 바라보고 있다. 라구나 비치는 미국 캘리포니아 뉴포트 비치에서 약 10km 남쪽에 위치해 있다. 예술가들의 작은 갤러리들이 거리를 형성한 곳, 모랫결 고운 백사장에서 바라보는 노을이 곱기만 하다.

　시적 화자는 이 정경을 '불그레 바다와 맞닿아 고요히 밀려온 은빛 미소, 황홀함 펼쳐 입고 지평선 넘어 훨훨 날아온다'고 표현하고 있다. 그 아름다운 정경은 갯내음을 허리에 매고 시적 화자의 하얀 추억을 환희의 설렘으로 너울너울 날게 하고 있다. 멋스런 시적 형상화에 감탄하게 된다. 시의 맛이 여기에 있는 듯하다.

　시가 서술이 아니라 이미지라는 사실을 확인케 한다. 왜 시가 오랜 세월 서술보다는 이미지에 치중해 왔을까. 왜 서술 위주의 시가 오래 살아남지 못하고 잊혀지고, 이미지 시가 수많은 세월 동안 사랑받아 왔을까를 다시 한번 되새기게 하는 시인 듯하다. 이런 시를 쓰는 유양업 시인에게 찬사를 보낸다.

널브러진 그림자들이
지도 그리다
박스에 들어앉는다

생각 한 보따리는
영혼의 선율자락과
어우러진다

추억 보듬은 가슴속에
아릿한 그리움 남아
옷고름 적신다.

- 〈이사〉 전문

이 시의 시적 화자는 이사를 한다. 이삿짐들이 정리된다. 널브러진 그림자들이 지도 그리다 박스에 들어앉는다. 이삿짐들이 널브러진 그림자로 형상화되어 있다. 기발한 착상이다. 이번에는 생각 한 보따리가 영혼의 선율자락과 어우러진다. 생각과 영혼이 보따리와 선율자락과 손잡고 이미지 그릇을 이룬다. 이번에는 추억이 나선다. 그런데 가슴은 추억을 보듬는다. 추억 보듬은 가슴속에는 아릿한 그리움이 남고, 이 그리움은 옷고름을 적신다. 참 멋스런 표현이 아닐 수 없다. 이사할 때 스며드는 시적 화자의 내면이 참으로 곱게 그려져 있다. 바로 이런 게 시의 참맛은 아닐까. 널브러진 그림자, 생각 한 보따리, 영혼의 선율자락, 추억 보듬은 가슴속, 가슴속에 남은 아릿한 그리움, 옷고름 적시는 그리움 등이 어우러져 영롱히 빚어내는 이미지의 미학, 바로 이게 시를 빛내게 하는 특질들이 아니겠는가. 시적 화자는 시는 이렇게 써야 한다며, 멀리서 빙그레 웃고 있는 듯하다.

움트는 소리
마음의 창가에
하얀 깃발 꽂고
머물 수 없는 행로
그대로인데
달려도 달려도
왜 이토록 낯설기만 할까
나이는 더해 가고
가슴 맑고 곱게
저리도 물결치는데.

- 〈새해〉 전문

이 시의 시적 화자는 새해를 맞아 마음가짐을 점검하고 있다. 움트는 소리가 마음의 창가에까지 와서 하얀 깃발을 꽂는다. 섬세한 감각이 돋보이는 시 구절이다. 이때 시적 화자는 머물 수 없는 행로임을 확인한다. 이 행로는 그대로인데, 달려도 달려도 왜 이토록 낯설기만 할까라고 내면에 질문 하나를 던진다. 무엇이 부족한 걸까. 어떤 그릇된 선택이라도 한 걸까. 무엇이 문제란 말인가. 어떤 수정을 해야만 한단 말인가. 반성할 것은 무엇인가. 참회의 길을 걸어야 한단 말인가. 어떻게 어디로 걸어가야 옳단 말인가. 나이는 점점 먹어 가는데, 벌써 칠순을 넘어 팔순을 향해 가고 있는데, 아직도 마음과 가슴은 이렇게 맑고 곱게 물결치는데, 왜 주위가 이토록 낯설기만 하는 걸까. 사색의 심오한 세계로 나아가는 시적 화자 앞에 독자들은 옷깃을 여미고 경건한 시간을 갖게 된다. 시는 주제를 강요하지 않아도, 시적 화자의 내면에서 그려지는 이미지를 따라 감성을 공유하곤 한다. 그리하여 머리로가 아니라 가슴으로 곧바로 파고들어 가 감정의 파노라마를 함께 탄다. 시의 역할이 이 시대에 어떠해야 하는지를 잘 보여 주는 시이기도 하다.

유양업 시인은 맨 처음 만날 때부터 시집 한 권 분량의 시를 써서 시집을 펴내기까지 오래도록 변함이 없다. 순진무구한 마음밭, 차분한 말솜씨, 또박또박 끝맺음하는 목소리, 고음도 부드럽게 처리하는 노래 실력, 항상 자기보다 남부터 배려하는 마음, 말꼬리마다 낭군에 대한 고마움 표시, 택시를 타고서라도 문학 수업에 늦지 않으려는 정성, 시뿐만 아니라 수필까지 넘나드는 열정, 옷 패션에도 신경을 쓰는 어여쁜 감성, 이모든 게 조화롭게 유양업 시인의 멋을 창출해 내는 게 아닌가 싶다.

앞으로 유양업 시인은 제2시집뿐만 아니라 수필집 발간에도 도전하며 살아갈 것이다. 오랜 선교사 생활에도 고스란히 보존되어 온 아름다운 품성, 일단 관심을 보이면 끝까지 정성을 쏟는 열정이 곱게 향긋한 열매들을 계속 맺어가게 하리라 믿는다.

멋쟁이 유양업 시인을 알게 된 것을, 시 공부를 함께 할 수 있게 된 것을, 그리고 작품집을 펴내면서 살아가게 된 것을 행운이라고 여긴다. 오늘 이 시간 참 행복하다.

- 봄비가 보슬보슬 내리는 이 화사한 봄날 아침에

박덕은(문학박사, 문학평론가, 시인, 소설가, 동화작가, 화가, 사진작가)

유양업 시인의 시집 출간을 축하하며 ▐▌▏

작가의 말

    사람에 따라 시에 대한 정의는 다양합니다. 투루게네프는 "시는 곳곳에 충일한다. 미와 생명이 있는 곳에는 시가 있다"고 했습니다. 아놀드는 "시란 간단히 말해 가장 아름답고 인상적이고 다양하게 효과적으로 사물을 진술하는 방법이다"고 했습니다. 옥스퍼드 영영 사전에는 "시란 산문과 대조적으로 운문과 운율의 작성이며, 운문과 산문으로 어떤 고양된 작성이고, 시적인 성질들을 가진 어떤 것이다"라고 했습니다.

    음미해 볼 만한 시의 정의들입니다.

    한 편의 좋은 시를 읽으면 예쁜 꽃의 향기를 맡듯 마음에 울림이 있고 정신이 맑아지며 경이로움을 느낍니다.

    은퇴 후 시 쓰기가 나의 삶에 있어 매우 소중한 기회로 다가왔습니다.

    그래서 창조의 아름다운 조화와 자연의 움직이는 변화를 바라보면서 느낀 감정을 시로 표현해 보곤 했습니다.

    지금까지 시를 쓰면서 사물에 대한 섬세한 관찰과 풍부한 감성도 있어야 함을 알게 되었습니다. 무심히 지나쳤던 길가의 풀 한 포기와 꽃 한 송이도 신선한 감각으로 다가옴을 느낄 때 시로 표현해 볼 수 있다는 그 자체가 기쁨과 보람을 안겨 줍니다.

영글지 못한 졸작들일지라도 한자리에 묶어 놓고 음미해 보고 싶은 심정에서 시집이란 이름으로 내놓기로 했습니다.

시를 읽은 분들이 시공을 초월하여 한 분이라도 나의 마음과 소통된다면 그 이상 바램이 없겠습니다.

이 책을 출판할 수 있도록 여러 모로 격려하며 지도해 주신 한실 문예창작 지도 교수 박덕은 박사님께 특별히 감사드립니다. 또한 오래도록 관심을 갖고 지켜보며 후원해 준 남편 문전섭 박사님께도 감사드립니다. 그리고 가족들의 관심에 대해서도, 도서출판 서영에도 고마움을 바칩니다.

끝으로, 여기까지 인도하신 에벤에셀 하나님께 영광을 돌립니다.

- 초봄 사직공원 자락에서
시인 유양업

祝詩

유 양 업

박덕은

하늘 계단에 올라
눈물겹게 만난
풍경 고운 텃밭

거기
한 그루 기도가
자라고 있었네

무르익은 열매는
가슴속으로 들어와
사명을 익혔네

부드러운 감성과
배려하는 손길
천상의 노랫소리

어스름 묻은 곳곳에
아름다이 전하기 위해
지상으로 내려왔네

동네 울타리 너머
저 멀리 겨울나라
꿈꽃의 동산까지

사랑과 함께 다니며
눈물과 빛가루를
정성껏 뿌리고 다녔네

이제 버선발로 돌아와
다소곳이 자리잡은
낭만의 문학 동산

시와 수필로
향긋이 포장된
열정 보따리

하나하나 풀어
내면이 충만할 때까지
여기저기 나누네

나풀나풀 나비처럼
꾀꼴꾀꼴 텃새처럼
행복하게 날갯짓하며.

유 양 업

신명희

당신을 만날까 봐
한껏 마음을 치장했습니다
당신이 오는 소리 들릴까 봐
활짝 아침을 열었습니다

시의 바다에서 건져 올린
당신의
영혼 한 방울
햇살 한 방울
내 마음의 물결 위로 후두둑
떨어집니다

다르면서도 다르지 않은
당신의
기도 같은 노래는
맑은 빗방울 되고
투명한 향기가 되어
물의 숨결로
휘감아 옵니다

바다를 사로잡은
당신의 푸른 물살에
마음 한 자락 띄워

날마다
당신에게 들키고 싶습니다.

유 양 업

김영순

시린 마음 감추고
가는 곳마다
사랑의 씨앗 뿌려
가꿔온 나날들

천상에서 실려 온
맑은 마음의 노래는
울림이 되어
시냇물로 흐르고

풋풋한 시심은
향긋한 꽃내음으로
바람 따라 구름 따라
옷깃에 스치우고

선한 눈빛은
부드러운 미소 담아
봄햇살처럼
따스하여라

가슴에 심은
믿음의 등대는
가정의 평화로움

북극성 되어 반짝이고

고요는 담담함으로
수면 가득하여
이루고 싶은 꿈들
날개짓하여 꿈틀이고

사색의 계단을
한 발 한 발 내딛는
여생의 자유로움이
한 송이 백합으로 피어나니

저 높은 곳을 향한
늘푸른 평안함이
하늘이 내려준
축복이어라.

祝詩 - 김영순 ▐▌▌

차 례

1장 — 호숫가 수양버들

2장— 첫 데이트

3장 — 은파 합창

오늘도 걷는다

제1장
호숫가 수양버들

박덕은 作 [설렘의 시간](2015)

단풍

물들여 채색 입힌
아리따운 풍경화
가을 맞게 갈아입고
바람결에 반짝이네

빨강 분홍 입에 물고
둥지 지켜 노닌 새들
갈바람 타고 살랑살랑
춤추며 노래하네

하늘이 솔솔 그려준
황홀한 색깔 덧입혀
마을마다 산야마다
불이 타네 불이 타네.

박덕은 作 [단풍](2015)

달

고적한 밤길
눈서리 쳐도
뜬눈으로 날 새워
지켜주네

고요한 새벽길
홀로 걸어도
큰 구슬 밝게
길동무 되어 주네.

박덕은 作 [달](2015)

등나무

종아리에 동여맨
수십 갈래 뼈마디
숨가쁘게 어우러져
수묵화 그리다가

바람결에 힘줄 얽어
햇살 한줌 담아
보랏빛 꽃등 걸어 놓고
별님 부르네.

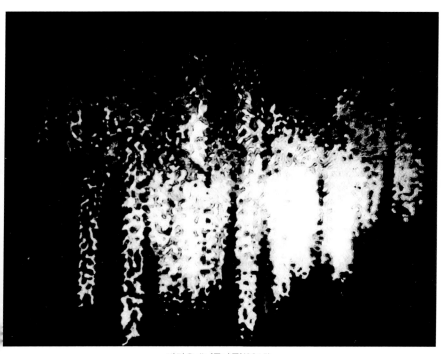

박덕은 作 [등나무](2015)

홍매화

꽃봉오리 망울망울
환희의 선율

봄소식 한 보따리
이고 왔네

불그레한
감미로운 속삭임

향 가슴에 안고
사랑 나누네.

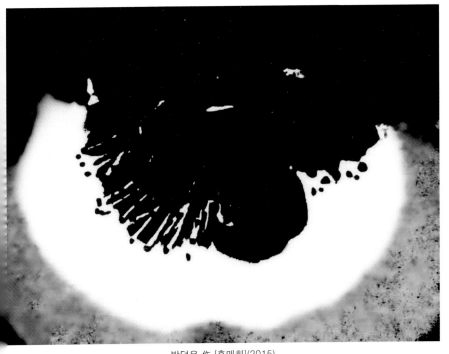

박덕은 作 [홍매화](2015)

로토루아 호수

수평선 멀리 하늘과 맞닿은 호수
하얀 보트 바람 따라 구름 싣고
그리운 숨결 사무친 애절한 사랑의 연가
메아리치며 울려오고

부글부글 끓어오른 수증기
하늘 향하여 나래 펴 올라
두둥실 떠오른 정열 그칠 줄 모르고

유황온천 곱게 물들여
얼룩진 가슴도 녹슬은 마음도
소롯이 씻어내어 새롭게 반짝이고

변화되는 마오리족
뜨거운 열정 안고
향긋한 빛깔 내뿜고 있네.

박덕은 作 [호수](2015)

첫눈

밤사이 곱게 내려와
심신을 한곳에 꿰어주며

밝은 빛
희미하게 비벼낸 생을
심연 속에 동그란 눈꽃 피워

머물지 않는 세월의 흐름
그려진 가슴의 빈자리
그리움의 호수에 띄운 채

노을빛 추억 보듬고
한 줄씩 그어지는 웃음꽃
겨울 언덕에 소복이 쌓고 있네.

박덕은 作 [첫눈](2015)

천리향

말없이 홀로 서 있는 상록수
서늘한 반그늘 그리워

굳굳한 줄기 곧게 뻗어
이 가지 저 가지 널리 퍼며

맑은 웃음
서로 껴안고 자라

속은 흰 저고리
겉은 붉은 치마

순수한 맵시
코끝 간지르는 달콤함

멀리 보이는 꿈속 사랑
은은스런 그 향기

널리 퍼뜨리며
살아가네.

박덕은 作 [천리향](2015)

분꽃

우아한 다섯 꽃잎
아낙네들 저녁밥 지으라
얼굴 내밀고

어두워지면 활짝 웃고
별님과 밤새도록 속삭이다
아침을 맞아

햇님 나오면 수줍어
잎 속으로
얼굴 가려 다물고

검은 씨알
꽃받침 위에 살짝 앉아
시집가는 새색시 분 발라 주고

연지 곤지 찍어
가마에 태우며
환상과 낭만을 즐기네.

박덕은 作 [분꽃](2015)

제나리움

나뭇잎새에
다닥다닥 앉은
풋내음

그리움의 언저리에
높이 솟아올라
송이송이

하얗게 갈아입고
하늘 향한
순수 담아

아롱진
분홍 열정으로
활짝 피어

독특한 향
발하며
향연 베푸네.

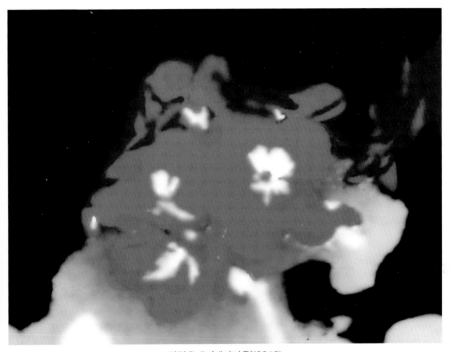

박덕은 作 [제나리움](2015)

낙엽

사뿐사뿐 내려와
살가운 바람 따라
옹기종기 모였다 흩어지며
이리저리 따라만 가네

때론
아늑한 골짜기에 머물다
한적한 숲속에 깃들어
어지러이 달리네

짓밟혀도 항거 없이
푸석푸석 부서진
찡한 감성 일으키네

마음도 사각사각 부서져
고스란히 그리움으로 솟아
한 움큼 껴안아 빈 가슴 채우네

부풀어 쌓인 향기 날리다
붙들려 책갈피에 들어앉아

시랑 마주하여 사랑 나누네.

박덕은 作 [낙엽](2015)

산

하늬바람 업고
무늬 놓은 아련한 추억 더듬으며

우거진 숲들
오색으로 물들이고

계곡의 물소리 찾아 춤추는
선율 엮어

영혼의 깊은 함성으로
메아리치네.

박덕은 作 [산](2015)

꽃구름

하늘을 송두리째 이고
퍼오르는 초록빛 황홀함

결 고운 아련함으로
흥건히 적시고

향기로운 행진으로
청명함 깊이 심어주고

눈부신 햇살 버무린
찬란함으로 가득 채워

고매함 영롱히
가슴에 끝없이 펼치게 하네.

박덕은 作 [구름](2015)

안나푸르나

신비로운 산자락 속삭임
우람한 바위 넉넉한 가슴 열어
반짝이는 마음 씻겨 주고

햇살 느슨한 옷깃 여며
어두운 밤 매서움의 몰아침
체험하게 한 하루의 매력

초록산 절경 팔에 끼고
황홀한 은빛 숨소리
산허리에 감고

우뚝 솟은 설원으로
하늘끝 마주보며
금빛 향기 꿈길인 듯 곱게 흩뿌려
섬광처럼 빛나네.

박덕은 作 [안나푸르나](2015)

봄비

차창 앞 유리에
물결 튐이 물보라 주물러
은빛 올챙이 빚었네

환상의 물줄기 내려가지 않고
몸 흔들고 꼬리 치며
불꽃같이 오르네

오르는 예쁜 열정
사뿐히 몰아서
꽃항아리에
담고 싶네.

박덕은 作 [봄비](2015)

나이아가라 폭포

우렁찬 물소리
몰아쳐

낭떠러지 바위 타고
삼킬 듯 떨어지네

캄캄한 밤에는
오색 불빛 받아
물안개 휘돌아
아름답게 속삭이며 퍼지다가

햇살 아래서는 눈부신 거품으로
큰 볼륨 뽐내며
무지개와 어우러지네.

박덕은 作 [나이아가라 폭포](2015)

록키 산맥

유유히 흐르는 초록물 호수
둘러싸인 상록수 숲에
순록들 서로 모여 뿔 자랑하고

만년설 점점 녹은
비취색 물줄기
약물이라 병에 담고

눈부신 얼음 산맥
사계절 품에 안아
깨질세라 놓칠세라
힘겹게 붙들며

객실 매단 관광차만
써그럭 써그럭
눈벌판 넘어질까
조심스레 갔다 왔다.

박덕은 作 [록키 산맥](2015)

코스모스

가느다란 향기
바람 따라 어우러져
한들한들

싱그런 열정
눈부시게 흐드러져
소곤소곤

실낱 같은 허리에
꽃잎 미소 달아서
출렁출렁

선한 눈빛으로
추억 휘감아 맴돌며
흔들흔들.

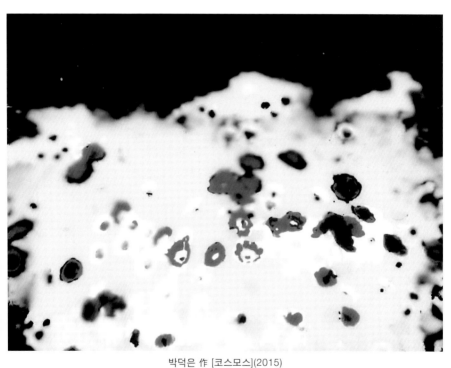

박덕은 作 [코스모스](2015)

순천만

어우러진 갈대숲
하늘과 맞닿아서
가을 햇살 부비는 소리
사그락사그락

청정솔 우거진
연노랑숲
머리 풀어
여울진 노을 잡아
살랑살랑

구슬눈 부릅뜬 짱뚱이도
깨금발 딛고 흥겨운 춤
덩실덩실

두루미
하늬바람 곱게 타고
지평선 나래 펴
훨훨.

박덕은 作 [순천만](2015)

자목련

뜨락의 기념수
심호흡 적시며
우직하게 서서
하늘 향한 꽃망울들
빚어내기 바쁘네

뽀송한 은색 깍지
곱게 곱게 뚜껑 열고
자줏빛 루즈
슬그머니 엿보더니
어느새 웃음꽃 만개했네

티 없는 연보라
그 순수함 눈부시고
따숩고 그윽한
둥근 향기
기쁨의 화촉 밝히네.

■▉ 오늘도 걷는다

박덕은 作 [자목련](2015)

초가을

초목들은 단풍 준비
바람결에 흩날리고

귀뚜라미는 흥겨워
찌르르 찌르르

장롱 속 숨막혔던
이쁜이들

솔솔 날개 달고
나들이 가네

어느새 익었나
귀여운 도토리

다람쥐 살짝 안고
춤추며 가네.

박덕은 作 [초가을](2015)

무화과

생기 가득 솟아난
초록빛 향기

가지 가지 잎 속에
숨어 있더니

어느새 자라나
얼굴 내미네

새들이 먼저 알고
어서 오라 지저귀며

지지쩍쩍 모여
콕콕 찍어 향미 풍기며

다정스레 마주 웃고
잔치 베푸네.

박덕은 作 [무화과](2015)

수선화

땅 밑 겨우살이
살짝 비집고
다소곳이 고개 내밀어

갓 태어난 수줍음으로
뾰족 뾰족 진초록
연필 꽂고

꽃망울 한두 송이
하늘 보고 필락 말락
첫 봄소식 담아

첫선 보인
그 순수 고백
온 마음 사로잡네.

박덕은 作 [수선화](2015)

제2장
첫 데이트

박덕은 作 [소리의 향연](2015)

늦둥이

불 밝힌 백합꽃
향기 가득 풍기며
방긋 웃는 미소에
온 가족 녹아나네

으앙으앙 우는 소리도
천상의 노래 같아
옹알옹알거리는 말도
꽃가마 타고 두둥실

물놀이도 즐거워라
킥복싱 하던 발이
어느새 첫돌 걸음마
아기 천사 우리 천사.

박덕은 作 [늦둥이](2015)

푸시킨

멀리서 보았던 상상화
시와 만나
선명히 밝아지고

쓰라린 빈자리
불협화음의 심장 소리
가슴에 안고

함박눈 내리는 강가
가슴앓이 쏟아내다
큰 별 떨어졌네

그 별 그 빛
경이롭게
사랑꽃으로 반짝이네.

박덕은 作 [푸시킨](2015)

만남

마음 하나로
환희 가슴에 품고

청솔향기 그윽이
등불 밝히며

풍랑에도
서로 기대어

웃음꽃으로
영롱한 구슬 꿰네

사랑을 조각한
발걸음

저 밝은 꿈을 향해
나아가네.

박덕은 作 [만남](2015)

마오리족

황홍 색깔
부끄럼 없이

화원의 뜰
해맑게 날개 치며

자연의 숨소리
가슴에 품어

희소식
머리에 담아

하늘로
치솟네.

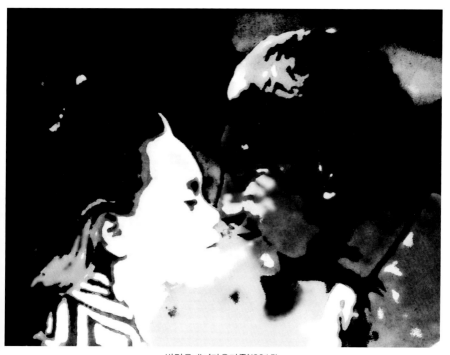

박덕은 作 [마오리족](2015)

고향

세상 어디에도
찾을 수 없는
하늘 아래 한 마을
동심의 세계

어릴 적 피어난
추억의 그림들 속
애틋한 향수가
마음 깊이 숨쉬는 곳

훈훈한 정
뭉클뭉클 맴돌아
따스한 숨소리
뭉게구름 타고
환히 비추는 곳

허다한 세월 흘러도
쩡한 나날들
그 정취 듬뿍
아직도 싹이 돋네.

박덕은 作 [고향](2015)

우정

은은한 향으로
주어진
위대한 선물

희생과 헌신의 꽃으로
다가온
보석 같은 향기

세월이 흘러
어느 곳에 있든
마음 머문 자리 여전히
가슴 가득 남아 있네

아무 말 없어도
무언의 대화 속에
그 눈빛 그대로 자리잡네
하염없이 뿌듯하게.

박덕은 作 [우정](2015)

용서

어설픈 자존심 던져 버리고
먼저 다가가 미소 내미니
미움이 달아나고 기쁨이 치솟네

억울해도
참아 주고 축복해 주니
지친 영혼 멀리 가네

유순함으로
섬겨 주고 높여 주니
새벽 같이 맑은 마음
따스한 품에 안기네.

박덕은 作 [용서](2015)

화해

지친
그림자와 앙금
날려 보내니
피차 살아나네

굳었던 얼음 녹아내리고
눈물 씻고 얼싸안아
웃음 꽃밭 만드니
상흔도 넋을 잃고
새 빛으로 갈아입네

감정들 풀려 한 배 타니
네 배 내 배 따로 없이
새 등불의 키를 잡고
하늘 울리며 나아가네.

박덕은 作 [화해](2015)

오해

화창함이 변하여
먹구름과 번갯불로
번뜩

평화로운 땅에
억수같이 내리꽂는
빗줄기

촉촉이
고요가
숨어 있는 땅

거칠게 파헤쳐
온통
흙탕물로 만드네.

박덕은 作 [오해](2015)

체육대회

화살 다섯 개 왼손에 쥐고
하나 뽑아 윙 던지니
항아리를 지나 넘어졌네

둘째 뽑아 날리니
항아리 속에 퐁당
세로로 서서 바르르 춤추네

셋째는 항아리 안에
마주서서 부둥켜 앉고
넷째도 우와 우리 편 함성이네

마지막 하나
용을 써 던졌으나
비껴 나갔네

화살들의 만남
패자와 승자 다 함께
빛살 되어 날개 돋네.

박덕은 作 [체육대회](2015)

꿈

그 불씨
모닥불처럼 피어오르고

그 중심
오늘까지 날개 달아서

태양이 사막을 만들어도
신기루를 만드네

태풍이 불어도 탓하지 않고
뜨거운 사명 지녀

자신의 신화 캐내어
굳굳이 서 가네

순간 순간
고통을 벽화로 그리며

하늘에의 밝은 빛
지키고 있네.

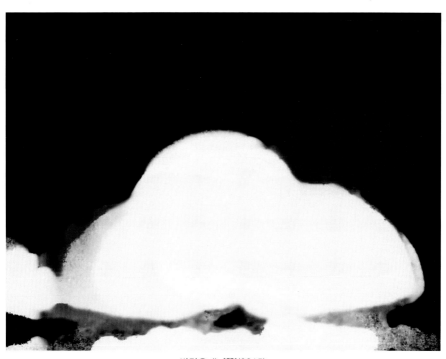

박덕은 作 [꿈](2015)

송년회

표류하는 마음에
쌓인 추억
까닭 없이 서글퍼 흔들리네요

그리운 가슴 붙잡는
십이월 꼭대기에 서서
희망 걸어 노랫가락 날리네요

음표처럼 톡톡 튀는 온정
양지쪽에 모여
훈훈한 사랑 널리 펼쳐
겨울에도 샘물처럼 김이 오르네요.

박덕은 作 [송년회](2015)

기도

무릎 꿇고 손 모으니
닫혀 있는 마음문 열려
눈물이 하염없이 감도네요

썰렁한 한구석 부서지니
뿌듯한 희열
줄을 타고 넘치네요

아련히 피어오른
발자취 한 걸음 한 걸음
더듬어 그려 보니

안아 주었던 추억들
맴돌다 줄 이어
오롯이 솟구쳐 올라오네요

향기 뿌려 밝은 빛으로
소금같이 맛나게 살라고
소롯이 들려주네요.

박덕은 作 [기도](2015)

문학 기행

단풍의 향기에 젖은 가을길
맑음이 굽이친 섬진강 따라
문인들의 발자취 찾아가네

마음 여는 울림의 메아리
나날이 생기 돋은
향기로운 고백 담으러 가네

심장에 파고든
'천년을 꽃피다' 외치는 그 음성
깊이 새기며

찬란한 꽃물결의 속삭임
'어둠은 결코 빛보다
어둡지 않다' 하네

봉오리 부푼
마음문 활짝 열어
그 모습 가슴에 안으며

눈부시게 살아 움직이는
님들을 보았네.

박덕은 作 [문학 기행](2015)

동행

홀로 가는 길에
설렘의 미소 짓고

보이지 않아도
가슴의 언어로 속삭이며

따스함으로
빈 가슴 소복이 채워 주고

기댈 수 있는
사랑의 눈빛으로 마주하고

가는 곳마다
밝은 꽃향기 날리며

오가는 서로의 정
옥빛으로 일렁이네.

박덕은 作 [동행](2015)

이 가을엔

누군가의 마음 안에
맴도는 사람이 되고 싶다

생각만 해도 가슴이
설레는 사람이 되고 싶다

눈감으면 떠오르는
얼굴로 남은 사람이 되고 싶다

벼랑 끝의 외로움
꼬옥 안아 주는 사람이 되고 싶다

헤어져도 그 모습이
생각나는 사람이 되고 싶다

진솔함이 묵묵히
배어 나온 사람이 되고 싶다.

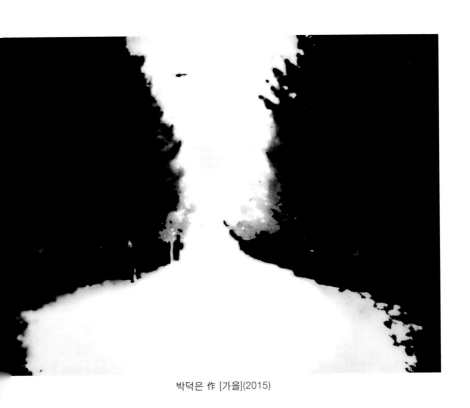

박덕은 作 [가을](2015)

첫 데이트

갓 피어오른
수줍은 꽃
두 손 마주잡아
보랏빛 진홍빛
하늘 솟아오르며

비닐우산 펼쳐
비바람 막아 일렁이는
푸른 가슴들
눈부시게 싹이 트네

싱그러움
바람에 헹구어도
꽃망울 터지고
꽃향기 끝없이
옷에 감기네.

박덕은 作 [첫 데이트](2015)

의지의 딸

헛디뎌 넘어져도
추스르고 일어나

물줄기 터져 흘러도
환상의 나래 펴

오똑한 콧날 으스러져도
분수처럼 치솟는 열정

살을 엔 찬바람에도
찬란한 꿈 이루어

하늘꽃 가득 안아
은빛 순수의 깃발 꽂네.

박덕은 作 [의지의 딸](2015)

오늘도 걷는다

세찬 바람 몰아치고
돌에 걸려 넘어지고
이끼에 미끄러져도

바위틈 지나
가슴에 남은
작은 꿈 그리며

가파르게
오르막 이어져도
나뭇잎 사이로 보이는
파란 산 향해.

박덕은 作 [오늘도 걷는다](2015)

산 기도

쏟아질 듯
우수수

가슴 한아름
뻐근히

마음문 열어
포근히

속삭임 뿌리내리는
영혼의 산울림.

박덕은 作 [기도](2015)

어이할꼬

불러도 불러도
대답 없는
어여쁜 꽃들아

티 없이 순수한
아름다운 꽃들아

기다리며 울부짖고
허우적거리다
희생당한 아들딸들아

목이 옥조이고
뜨거운 눈물이
뼈를 태우는구나

아까워 어이할꼬
아까워 어이할꼬.

박덕은 作 [어이할꼬](2015)

공원 산책

고요한 새벽
귀뚜라미 찌르찌르
새들 노래 까르까르
온 공원 적시네

누가 불러 모였나
삼삼오오 짝을 지어
무얼 찾아 활기찰까

올라갈 땐 느린 걸음
내려올 땐 뛰는 걸음
한 마리 새가 되어
하늘 높이 날고 싶네.

박덕은 作 [공원 산책](2015)

가족 수련회

해마다 찾아가는
뵈뵈 뜰 잔디는
예쁘게 융단 깔고
서울 부산 대구 광주
서로 서로 얼싸안네

옥수수 따 쪄 먹고
깻잎 향기 맡으며
빨강 고추 파랑 고추
고루고루 나눠 갖네

피아노 연주 소리
쇼팽 향기 가득하면

산새들 나무에서
지지배배 열창하고
매미 소리 씨오씨오
솔로를 하며
시냇물 졸졸 반주를 하고
짱뚱이 너무 좋아

팔딱팔딱 춤추니

우리 가족 웃음소리
평촌 마을 떠나가네.

박덕은 作 [가족 수련회](2015)

이사

널브러진 그림자들이
지도 그리다
박스에 들어앉는다

생각 한 보따리는
영혼의 선율자락과
어우러진다

추억 보듬은 가슴속에
아릿한 그리움 남아
옷고름 적신다.

박덕은 作 [이사](2015)

제3장
은파 합창

박덕은 作 [계절의 향기](2015)

아융강 래프팅

아융강 계곡물 향기는
설렘 지피며 격렬한 리듬 타고
몽돌 걸림 없이 쓰다듬고 어울려 속삭이다
멈출 수 없어 내려만 가고

크고 작은 바위 은빛 물살 얼싸안고
그 열망 하나되어 회오리치고

애틋한 눈빛으로 스며든 하얀 열정
붙잡지 못해 놓아 주고

깊은 숲속 열대 우림 일렁이는 그늘로 적셔
물 바위 보트 춤추는 정경 내려다보다
추억의 꽃등 밝혀 주네.

박덕은 作 [아융강 래프팅](2015)

봄이 오는 소리

차가운 세월
살며시 몰아내어

따스한 그리움
되찾아 오고

연한 가지 마디마다
온통 웃음 일색이고

꽃향기 날려 펼 준비에
여념이 없네.

박덕은 作 [봄이 오는 소리](2015)

가을 산책

바람 따라 반짝반짝
내려오는 예쁜 잎들
받고 싶어 두 손 모아
쫓아 쫓아 뛰어가네

머리에도 어깨에도
살짝 살짝 앉은 꿈들
잠자리 잡듯 살며시 잡아
곱게 곱게 흩날리네

연노랑 주홍 추억
한아름 가슴에 꼭 안고
속삭임이랑 사각사각
나란히 거닐고 있네

윤기 잃은 마른 상념
데굴데굴 어딜 가나
세찬 바람 못 이겨
뿌리치고 날아가네.

박덕은 作 [가을 산책](2015)

김장김치

앞치마 수건 두른 아낙들
초록빛 손잡아 노랑꽃 만들어
짠물 얹어 잠들게 한 뒤
맑은 물에 헹궈
정결히 뉘어 놓고

함께 강강수월래
버무린 오색 양념
노랑꽃 사이사이
빨갛게 단장하고
통 속으로 차곡차곡

이웃간의 품앗이
풍성한 고운 정
알콩달콩 나누네.

박덕은 作 [김장김치](2015)

라구나 노을

불그스레
바다와 맞닿아
고요히 밀려온
은빛 미소

황홀함 펼쳐 입고
지평선 넘어
훨훨 날아와

갯내음
허리에 매고

하얀 추억
환희의 설렘으로
너울너울 날게 하네.

박덕은 作 [라구나 노을](2015)

겨울 산행

골짜기에 신발 한 짝
눈 털다 떨어졌네

지금도 거기서
날 기다리고 있을까.

박덕은 作 [겨울 산행](2015)

꼬마 베개

나뭇조각으로 동글동글
구슬 만들어
머릿결 가볍게
토닥여 주고

편백 향기 사각사각
목 주위 돌아
사랑 한소끔
꼬옥 껴안아 주네

양볼 맞대고
깊은 행복 꽃구름
타게 하네.

박덕은 作 [베개](2015)

웃음

그 어떤
밝은 화장으로도
이 아름다움 만들 수 있을까

지친 그림자
살포시 달아나게 하는
행복의 메아리.

박덕은 作 [웃음](2015)

발리에서

고요한 뜰에서 도란도란 얘기하고 있는데
안경을 원숭이가 훔치듯 가져가 버려
희미한 눈망울에 외로움의 파도가 밀려왔네
소중한 눈 찾기 위해 조마조마했던 순간
어두움 사라지고
날개 단 듯 잃었던 시력 되찾아 왔네
마음도 해맑고 영혼도 순수하게
찬란한 빛살 안고 추억 만들었네.

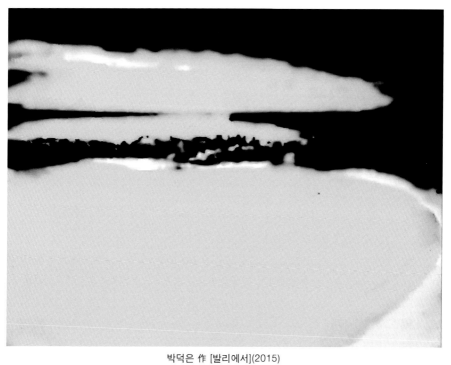

박덕은 作 [발리에서](2015)

새해

움트는 소리
마음의 창가에
하얀 깃발 꽂고
머물 수 없는 행로
그대로인데
달려도 달려도
왜 이토록 낯설기만 할까
나이는 더해 가고
가슴 맑고 곱게
저리도 물결치는데.

박덕은 作 [새해](2015)

첫 작품

밤새
쓰다듬고 손보아
만지작거리다
데리고 와
확인해 보니
반쪽이었네.

박덕은 作 [첫 작품](2015)

우주

언어가
없어도

질서를
이루네.

박덕은 作 [우주](2015)

헌 주스기

이제라도 쉬고파서
이십여 년 못 쉰 숨

구석구석 때 찐 얼굴
말끔히 단장한 날

빨강 초록 노랑이
손짓하며 부르니

서로 반가워 얼싸안고
수다떨며 왱왱.

박덕은 作 [헌 주스기](2015)

은파 합창

은물결 타고
마음꽃 활짝 열어
은구슬 꿰어 달아 랄랄랄

가지 위에 살짝 앉아
맵시 부려 레미파
종달이 꾀꼬리 소리 높여 솔라시

함박꽃 입 열어 솔바람 소올솔
고요의 바다에
번뜩이는 소리의 불꽃

발랄한 음색들 모두 모아 두둥실
꽃구름 타고 한 폭의 그림 되어
온 우주를 향하네.

박덕은 作 [합창](2015)

추석

고향길 차량들 설렘 안고
조상의 산소 찾아 추억 보며
자연 한아름 안고 성묘하네

송편 과일 친족 잔치 담소 나누고
자녀 손주 재롱 잔치 웃음꽃 피며
풍성한 마음들 훨훨 하늘을 나네

내 사랑 이웃 사랑 모아 모아서
그네 타기 강강술래 흥겨워 뛰니
큰 달님 마주보고 화알짝 웃네.

박덕은 作 [추석](2015)

詩 · 1

아쉬움은
갈증의 숨길 따라
너울너울

먼 산
석양빛 구름은
가슴 깊이 휘영청

이제라도 잡아볼까
이제라도 달려갈까

칠십 평생 미처 못 간
그 길 뛰어갈까

꿈속에 그 하이얀 꽃
깊이깊이 심어볼까.

박덕은 作 [詩 · 1](2015)

詩 · 2

동녘 하늘 숨 터오는 여명
세상을 비춰 어둠을 몰아내고
만물을 새롭게 일궈내네

그 환한 얼굴 내밀어 생명 소생시키고
아름다이 그림 그리며
철 따라 풍성한 결실 이루네

채색 입힌 석양빛 곡선
영원히 깨지지 않고
보존하고파.

박덕은 作 [詩 · 2](2015)

철망 문을 열며

토끼 가족 산과 들에
훌훌 살다가

연초록
꿈틀거린 텃밭

풀잎 먹는
따스한 입김

철망에 매달려
호소하는 뜬구름

싸늘한 바람
등허리 스치어 가다

어두운 빗줄기
환히 걷혔네.

박덕은 作 [철망 문](2015)

교향악

마음은 마냥 청정한데
겨울 노을 돌릴 수 없고

뒤돌아보는
긴긴 세월의 상념
발자취 더듬어도
담을 수 없네

심혼 저 깊은 곳에서
삶의 흔적 찾는 연륜 속에
크고 작은 악보들이 넘실거리고

애틋이 그린 작품들은
제짝 따라 훌훌
각자 삶 찾아 떠나가고

길 잃은 철새마냥
힘없이 서성거리며
서 있는 계절의 여울목에서
새로운 멜로디가

휘감아 맴도네

멀리 퍼지는 노을 노래
새 하늘 그리며
흰구름의 자유함 따라

힘찬 날갯짓으로
경계 없는 푸른 창공을
힘껏 날고 있네.

박덕은 作 [교향악](2015)

손녀

하늘에서
기도줄 타고
아기천사 내려왔네

어여쁜 향기
안고 살포시
내려왔네

옥구슬 눈동자
은빛 사랑에
온 가족 녹아나네.

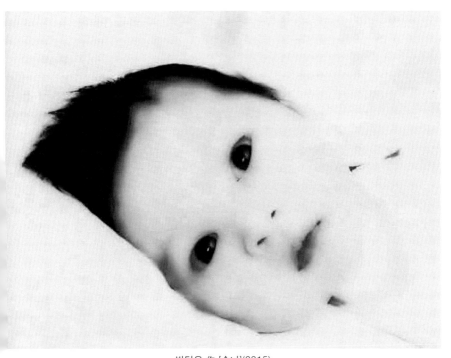

박덕은 作 [손녀](2015)

복된 죽음

사랑의 눈으로
곱게 곱게 살았던 님

속울음 있으런만
무릎 꿇고 귀 열어

뿌렸던 씨앗
땅 위에 꽃이 피고
열매 맺어

웃음 담아 아내 품에
고요히 잠들었네

반짝이는 순수꽃
꽃 한 송이 없이
실험실로 떠나갔네

그 향기
그 따스한 눈길
다시 볼 수 없어

마음자락 서럽게
한없이 흔드네.

박덕은 作 [복된 죽음](2015)

한실 문예창작 문우들의 작품집

오늘의 詩選集 Series

오늘의 詩選集 제1권

화장을 지우며
강만순 지음 / 144면

오늘의 詩選集 제2권

또 한 번 스무 살이 되고 싶은 밤
김숙희 지음 / 160면

오늘의 詩選集 제3권

사랑의 빈자리 될까 봐
박완규 지음 / 144면

오늘의 詩選集 제4권

유모차 탄 강아지
김미경 지음 / 112면

오늘의 詩選集 제5권

이 환장할 봄날에
신점식 지음 / 176면

오늘의 詩選集 제6권

작아지고 싶다
주경희 지음 / 176면

오늘의 詩選集 제7권

가을은 어디나 빈자리가 없다
전금희 지음 / 176면

오늘의 詩選集 제8권

쓸쓸함에 대하여
이후남 지음 / 176면

오늘의 詩選集 제9권

바람이 열어 놓은 꽃잎
문재규 지음 / 220면

오늘의 詩選集 제10권

단 한 번 사랑으로도
이호근 지음 / 176면

오늘의 詩選集 제11권

할 말은 가득해도
최승벽 지음 / 176면

오늘의 詩選集 제12권

비밀 일기
박봉은 지음 / 176면

오늘의 詩選集 제13권

꽃만 봐도 서러운 그날
한실 문예창작 동인지 제8집

오늘의 詩選集 제14권

마냥 좋기만 한 그대
최기숙 지음 / 176면

오늘의 詩選集 제15권

풀꽃향 당신
김영순 지음 / 176면

오늘의 詩選集 제16권

유리인형
박봉은 지음 / 176면

오늘의 詩選集 제17권

보고픔이 자라고 자라서
한실 문예창작 동인지 제9집

오늘의 詩選集 제18권

첫사랑
김부배 지음 / 176면

오늘의 詩選集 제19권

나는 매일 밤 바람과 함께 사라진다
박덕은 지음 / 240면

오늘의 詩選集 제20권

오늘도 걷는다
유양업 지음 / 176면

오늘의 詩選集 제21권

내 사람 될 때까지
전춘순 지음 / 176면

개별 작품집

고목나무에 꽃이 핀 사연
김영순 시집

당신만 행복하다면
박봉은 제1시집

시가 영화를 만나다
장헌권 시집

아시나요
박봉은 제2시집

하얀 속울음까지 들켜 버렸잖아
김성순 시집

당신에게·하나
박봉은 제3시집

세월이 품은 그리움
김순정 시집

사색은 강물 따라
권자현 시집

입술이 탄다
형광석 시집

내가 머무는 곳
신순복 시집

늘 곁에 있는 다른 나처럼
정연숙 시집

당신
박덕은 시집

한실 문예창작 동인지

한실 문예창작 동인지 제1집
『한꿈』

한실 문예창작 동인지 제2집
『한꿈』

한실 문예창작 동인지 제3집
『당신의 쓸쓸함은 안녕하십니까』

한실 문예창작 동인지 제4집
『목련은 흔들리고 있다』

한실 문예창작 동인지 제5집
『그래도 한쪽 가슴은 행복합니다』

한실 문예창작 동인지 제6집
『좋은 걸 어떡해』

한실 문예창작 동인지 제7집
『아직도 사랑인가 봐』

한실 문예창작 동인지 제8집
『꽃만 봐도 서러운 그날』

한실 문예창작 동인지 제9집
『보고픔이 자라고 자라서』